F. Isabel Campoy

Alma Flor Ada

Celebra un powwow con Sandy Starbright

Ilustrado por **María Jesús Álvarez**

—¡Feliz cumpleaños, Sandy! —dice su hermana—. Te hice esta banda para el pelo.

—Gracias, Jessica. ¡Qué bonita banda! —dice Sandy—. Me voy a hacer unas trenzas para lucirla.

—Oye, Jessica, ¿has visto mis mocasines? ¡No los encuentro!

—No, no los he visto. ¡Lo siento!

—¡Feliz cumpleaños, Sandy! —dice su tía—. Diseñé este cinturón para ti.

—Gracias, tía. ¡Qué bonito cinturón! —dice Sandy—. Me voy a poner una falda para lucirlo.

—Oye, tía, ¿tú tienes los mocasines que me regaló la abuela? ¡No los encuentro!

—No, yo no los tengo. ¡Lo siento!

—¡Qué hermoso día! —dice la abuela—.
Es el cumpleaños de Sandy.
Y, además, ¡nos vamos de powwow!

—¡Feliz cumpleaños, Sandy! —dice el abuelo—.
Te hice este broche.

—Gracias, abuelito. ¡Qué bonito broche! —dice Sandy—.
Me voy a poner un pañuelo para lucirlo.

—Abuelita, ¿te llevaste los mocasines? ¡No los encuentro!

—No, yo no los tengo. ¡Lo siento!

—Antes de llegar al powwow quiero regalarte mi abanico —dice la abuela—. ¡Feliz cumpleaños, Sandy!

—Gracias, abuelita. ¡Qué bonito abanico! —dice Sandy—. Prometo no perderlo, como los mocasines... Los he buscado por todas partes, ¡pero no los encuentro!

—Queríamos darte una sorpresa de cumpleaños —le dice la madre a Sandy—. Te hice este vestido.

—¡Qué vestido más precioso! —dice Sandy—. ¡Cuántos cascabeles! Siempre había querido un vestido así. ¡Gracias, mamá!

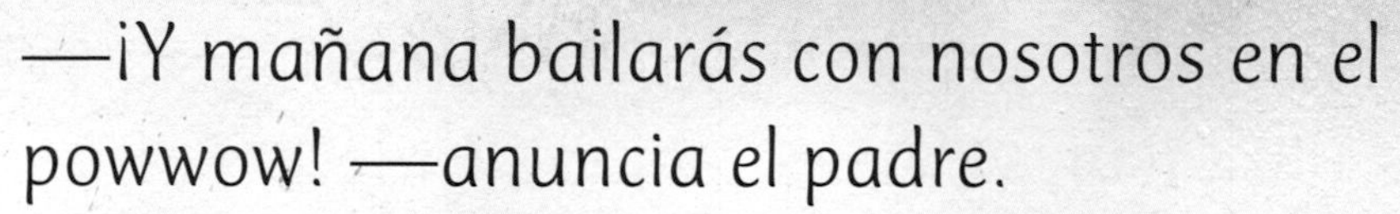

—¡Y mañana bailarás con nosotros en el powwow! —anuncia el padre.

—Pero... ¡he perdido mis mocasines! Sin ellos no voy a poder bailar —dice Sandy con tristeza.

—Pues yo te tengo otra sorpresa —dice el padre—. ¡Aquí están tus mocasines! Yo los tenía. Los decoré con cuentas de colores. ¡Feliz cumpleaños, Sandy!

¡Qué alegría bailar en el powwow!

Con mi familia y sus lindos regalos.

Mira cómo brillan los mocasines que bordó papá.

Oye cómo cantan los cascabeles del vestido que hizo mamá.

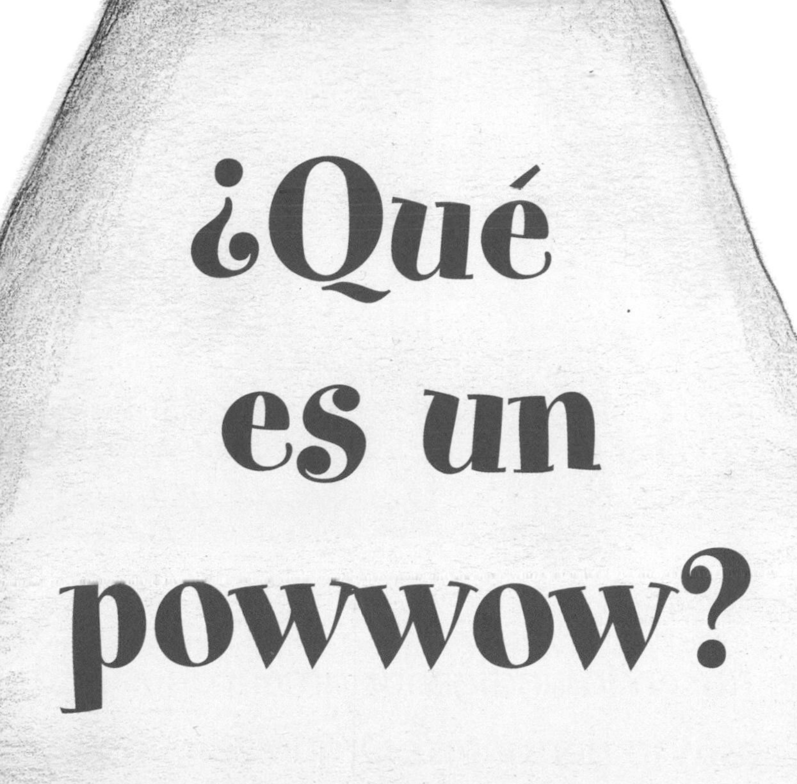

¿Qué es un powwow?

¿Sabes qué hacen los indígenas americanos para celebrar las cosas importantes? Organizan un powwow.

Se puede hacer un powwow por el nacimiento de un niño o por una buena cosecha. O, simplemente, para reunirse con los amigos que viven lejos.

Los powwows son fiestas donde todos la pasan bien. En un powwow la gente baila, come y se divierte. Todos se sienten orgullosos de ser indígenas.

Puedes ir a un powwow en cualquier parte de Estados Unidos. Se hacen powwows en pueblos pequeños y en ciudades grandes.

Los powwows se celebran sobre todo en verano y otoño, cuando hace buen tiempo. A veces duran varios días.

Un powwow se puede hacer en una pradera, en un parque o en un sitio cerrado, como un centro de convenciones.

¡Nadie quiere perderse un powwow! Muchas familias llegan desde muy lejos. Algunas traen sus *tipis*. Allí viven y duermen durante los días que dura el powwow.

En los powwows se hacen concursos de baile. Pueden participar personas de todas las edades. Lo importante no es ganar un premio, sino bailar juntos en una alegre celebración.

Los tambores son muy importantes en un powwow. Las personas que tocan los tambores cantan mientras tocan. Sus canciones hablan sobre la familia, la amistad, la naturaleza, el baile, etc.

Con sus bailes, sus cantos y el sonido de los tambores, los indígenas americanos se saludan unos a otros. También le dan las gracias a la naturaleza por todo lo que reciben de ella.

En un powwow, los indígenas americanos se visten con trajes muy alegres. Algunos trajes tienen flecos. Los flecos se mueven al bailar, como se mueve la hierba con el viento.

Algunos bailarines se ponen plumas. Las plumas se mueven al ritmo de la música, como las de un pájaro cuando vuela.

¡Mira cuántos cascabeles cuelgan de esos vestidos! ¿Te puedes imaginar el sonido que hacen al bailar?

Muchos trajes tienen dibujos o formas de animales. ¿Qué animales ves en los trajes de las fotografías?

Los animales son muy importantes para los indígenas americanos. Los respetan y los observan para aprender de ellos. Los lobos, por ejemplo, son fieles, amigables e inteligentes. Además, viven en manadas o familias, en las que un jefe protege y guía a los demás. Por eso, para los indígenas, el lobo representa al buen maestro y al líder.

Piensa en tu animal preferido. ¿Por qué te gusta? ¿Qué sabes de la "manera de ser" de ese animal? ¿Qué representa para ti?

Powwow en la reserva indígena Rocky Boy, en Havre, Montana.
© Dave G. Houser/CORBIS

Powwow de los Indígenas de las Llanuras en el Centro Histórico Buffalo Bill, en Cody, Wyoming.
© Kevin R. Morris/CORBIS

Powwow en el Centro Cultural Daybreak, en Seattle, Washington.
© Kelly-Mooney Photography/CORBIS

Tres niñas observan respetuosamente un baile en honor a los veteranos indígenas de EE.UU. en un powwow en Anadarko, Oklahoma.
© Lindsay Hebberd/CORBIS

Tres niños vestidos con trajes ceremoniales juegan en el Powwow de los Indígenas de las Llanuras en el Centro Histórico Buffalo Bill, en Cody, Wyoming.
© Kevin R. Morris/CORBIS

Danza con tambor en un powwow en el parque Heritage, en Calgary, Canadá.
© Robert Holmes/CORBIS

Powwow en el Centro Cultural Daybreak, en Seattle, Washington.
© Kelly-Mooney Photography/CORBIS

Powwow en el Centro Cultural Morning Star, en Seattle, Washington.
© Wolfgang Kaehler/CORBIS

Powwow intertribal en Cashmere, Washington.
© Mike Zens/CORBIS

Tipi de la reserva indígena Flathead, en Montana.
© John y Lisa Merril/CORBIS

Campamento de tipis de un powwow en la reserva indígena Shoshone Bannock, en Fort Hall, Idaho.
© James L. Amos/CORBIS

Powwow en la reserva indígena Rocky Boy, en Havre, Montana.
© Dave G. Houser/CORBIS

Un grupo de jovencitas se preparan para bailar en el powwow de Crow Fair, en Montana.
© George Ancona

Un niño baila en un powwow en Grand Prairie, Texas.
© Lindsay Hebberd/CORBIS

Indígenas de varias edades bailan al ritmo de un tambor en el Powwow de los Indígenas de las Llanuras en el Centro Histórico Buffalo Bill, en Cody, Wyoming.
© Kevin R. Morris/CORBIS

Toque de tambor en un powwow en el parque Heritage, en Calgary, Canadá.
© Robert Holmes/CORBIS

Una mujer participa en un concurso de baile con chal decorado en un powwow en Grand Prairie, Texas.
© Lindsay Hebberd/CORBIS

Un jovencito baila en un powwow para niños en el Museo Wheelright, en Santa Fe, New Mexico.
© George Ancona

Una mujer kiowa participa en un concurso de baile en un powwow en Grand Prairie, Texas.
© Lindsay Hebberd/CORBIS

Un niño ataviado con un vistoso traje espera su turno para bailar en un powwow en Phoenix, Arizona.
© Phil Schermeister/CORBIS

Detalle de vistosos trajes masculinos adornados con plumas de águila y pelo de cola de caballo en un powwow en Grand Prairie, Texas.
© Lindsay Hebberd/CORBIS

Un indígena chumash baila con un elaborado traje en un powwow en California.
© Nik Wheeler/CORBIS

Powwow de los Indígenas de las Llanuras en el Centro Histórico Buffalo Bill, en Cody, Wyoming.
© Kevin R. Morris/CORBIS

Jovencitas de la tribu chumash lucen trajes con diseños variados en un powwow en California.
© Nik Wheeler/CORBIS

Una mujer luce una peineta y un vestido con imágenes de águilas bordadas con cuentas en el Powwow de los Indígenas de las Llanuras en el Centro Histórico Buffalo Bill, en Cody, Wyoming.
© Kevin R. Morris/CORBIS

Un hombre luce un tocado con una cabeza de lobo en el Powwow de los Indígenas de las Llanuras en el Centro Histórico Buffalo Bill, en Cody, Wyoming.
© Kevin R. Morris/CORBIS

Elaborado y valioso traje ceremonial, que incluye un bastón con cabeza de águila, en un powwow en Grand Prairie, Texas.
© Lindsay Hebberd/CORBIS

Celebrar y crecer

A lo largo de la historia y en todas partes del mundo, la gente se reúne para celebrar aniversarios históricos, conmemorar a alguna persona admirable o dar la bienvenida a una época especial del año. Detrás de toda celebración está el reconocimiento de que la vida es un don maravilloso y que el reunirnos con familiares y amigos produce alegría.

En una sociedad multicultural como la estadounidense, la convivencia entre grupos tan diversos invita a un mejor conocimiento de la propia cultura y al descubrimiento de las demás. Quien profundiza en su propia cultura se reconoce en el espejo de su propia identidad y afirma su sentido de pertenencia a un grupo. Al aprender sobre las culturas ajenas, podemos observar la vida que se abre tras sus ventanas.

Esta serie ofrece a los niños la oportunidad de aproximarse al rico paisaje cultural de nuestras comunidades.

Powwows

Sentimos una profunda admiración y respeto por las culturas indígenas de las Américas. Hemos admirado su arte y, en un espacio de su casa, Isabel les rinde homenaje con una pequeña colección de pinturas, cerámicas y artesanías. Alma Flor dice que quisiera vivir en Taos. Tenemos unos amigos lakotas muy queridos que han llenado nuestra vida con su voz, su música y el amor a sus tradiciones.

Este libro nos ha permitido expresar nuestro respeto hacia ellos y nuestra esperanza por su futuro.

De manera especial, queremos agradecer a nuestros amigos Christy y Leni Prairie Chicken por su generosidad al considerarnos hermanas y por su contribución en la elaboración de este libro.

F. Isabel Campoy y Alma Flor Ada

A Marinieves, Tania, Adalberto, Madi, Michael, Marilyn, Silvia, Paco, Pedro, Darlene, Lourdes, Elizabeth, Michaelson y Nelson, y a la alegría de nuestra amistad.

FIC & AFA

2105 NW 86th Avenue
Miami, FL 33122
www.santillanausa.com

Editor: Isabel C. Mendoza
Art Director: Mónica Candelas
Production: Cristina Hiraldo

Alfaguara is part of the **Santillana Group**, with offices in the following countries:
ARGENTINA, BOLIVIA, CHILE, COLOMBIA, COSTA RICA, DOMINICAN REPUBLIC, ECUADOR,
EL SALVADOR, GUATEMALA, MEXICO, PANAMA, PARAGUAY, PERU, PUERTO RICO, SPAIN,
UNITED STATES, URUGUAY, AND VENEZUELA

Celebra un powwow con Sandy Starbright
ISBN: : **1-59820-115-8**

Published in the United States of America.
Printed in Colombia by D'vinni S. A.

12 11 10 09 08 07   1 2 3 4 5 6 7

Library of Congress Cataloging-in-Publication Data

Campoy, F. Isabel.
Celebra un powwow con Sandy Starbright / F. Isabel Campoy y Alma Flor Ada; ilustrado por María Jesús Alvarez.
p. cm. — (Cuentos para celebrar)
Summary: Sandy Starbright's family celebrates her birthday by giving her gifts and going to a powwow. Includes nonfiction information about powwows.
ISBN 1-59820-115-8
[1. Birthdays—Fiction. 2. Indians of North America—Fiction. 3. Powwows—Fiction. 4. Spanish language materials.]
I. Ada, Alma Flor. II. Alvarez, María Jesús, ill. III. Title.

PZ73.C345245 2006
[E]—dc22   2006029748